LES

PHILIPPIQUES.

IMPRIMERIE DE Mme Ve THUAU,

Rue du Cloître-St.-Benoît, n° 4.

LES PHILIPPIQUES,

PAR LAGRANGE-CHANCEL.

Nouvelle Édition,

PRÉCÉDÉE

D'UN COUP D'OEIL HISTORIQUE

SUR LA RÉGENCE

DE PHILIPPE, DUC D'ORLÉANS,

Avec Notes,

Par Amédée de Bast.

PARIS,

DENTU, IMPRIMEUR-LIBRAIRE.

PALAIS-ROYAL, GALERIE D'ORLÉANS.

1831.

COUP D'OEIL

HISTORIQUE.

—

Louis XIV avait cessé de vivre : son cercueil, à peine décoré de la pourpre des rois, avait pris place sur les funèbres estrades des caveaux de Saint-Denis ; les cris d'allégresse d'un peuple en délire venaient frapper les vitraux de la vieille basilique ; la dignité, sinon la fortune de la France, était ensevelie avec le grand roi, et une nouvelle ère allait s'ouvrir pour la monarchie déjà ébranlée jusque dans ses fondemens.

Plus de conquêtes, plus de batailles, plus de victoires, plus même de défaites ; mais la peste, l'agiotage, des traités honteux, la paix enfin ; mais cette paix languissante et pâle qui déshonore une nation aux yeux du monde et à ses propres yeux.

Philippe, duc d'Orléans, était régent du royaume.

De brillans tournois, des fêtes chevaleresques, des expéditions aventureuses avaient signalé les premières années du dernier règne.

D'effroyables orgies, de hideuses saturnales célèbrent au Palais-Royal l'avènement d'un pouvoir qui n'a pour lui que le silence du peuple, la lâcheté du parlement, la sordide avarice ou la pusillanimité des grands du royaume.

Impétueux et brave, Philippe s'est distingué dans les campagnes que la jalouse autorité de Louis XIV a bien voulu lui laisser faire : à Steinkerque il marchait avec Luxembourg sous la mitraille allemande ; à Nerwind, à la tête de quelque cavalerie, il met en déroute deux lignes entières de l'infanterie ennemie.

On l'aimait alors, un concert de louanges populaires venait frapper les voûtes de son palais : l'épée d'Henri IV s'était retrouvée toute neuve et toute brillante dans ses mains victo-rieuses.

Mais la race du grand roi s'éteignit tout-à-coup dans les douleurs et dans les poisons. Le duc de Bourgogne, élève de Montausier et de Fénélon ; ce duc de Bourgogne, l'espoir et l'orgueil de la France, descendit dans la tombe, en priant pour le peuple dont il voulait être le père.

Un cri d'épouvante et de malédiction se fit entendre de toutes parts : la voix de la nation accusa hautement le duc d'Orléans de ces horribles forfaits ; il voulut se justifier : il implora la faveur d'être enfermé à la Bastille et jugé. Louis XIV ne voulut pas accepter un sacrifice qui, après tout, n'était peut-être qu'une adroite tactique. Philippe, duc d'Orléans, resta libre et devint régent sans conseil de régence, malgré le testament du vieux monarque.

Philippe une fois monté sur ce pavois, qu'il regardait comme le premier degré du trône, pensa à se venger non à la manière de Marius et de Sylla, en dressant des tables de proscription, non à la manière de Charles IX et de Henri VIII, en élevant des bûchers et des échafauds, mais par une voie non moins sûre et non moins horrible que celle des supplices.

Il popularisa le scandale et les débordemens ; il enfonça dans le cœur de la nation le trait qui la déchire et qui la tue après plus de cent années ; sans croyance religieuse, sans croyance politique, il foula aux pieds les principes de la religion et de la morale, comme ceux de la décence publique et du droit des gens.

Du fond de son palais entouré des complices ou des agens de ses débauches, il lançait jusque dans les dernières classes de la société des germes de corruption. On marchandait en son nom l'honneur des femmes, l'innocence des filles : les effroyables solennités de Salone et de Caprée se renouvelaient au château de la Meute.

Aussi cette belle France des grandes années de Louis XIV n'était déjà plus reconnaissable. Partout la licence la plus effrénée avait succédé à la galanterie noble de la cour de Versailles ; partout le cynisme le plus révoltant avait remplacé l'étiquette sévère et respectable qui voilait du moins jadis les mystères des bosquets de Trianon et des pavillons de Fontainebleau.

La vertu était un titre de proscription : la même main qui devait revêtir l'abbé Dubois de la pourpre romaine et jeter son indignité sur le siége épiscopal sanctifié par Fénélon, arracha les sceaux à l'illustre d'Aguesseau, et en osa charger un d'Argenson courbé sous le poids du mépris et de l'indignation publique.

Les questions d'état se traitaient au milieu de ces bruyantes orgies imitées de Sodome et de

Lampsaque. La gloire et la fortune de la France, l'honneur et la fortune des citoyens dépendaient de l'ivresse des plus sales voluptés, des plus effroyables débauches. Quand la peste désolait la Provence, quand le peuple ruiné par le système venait demander du pain et laissait dans la cour du Palais-Royal des cadavres pour ambassadeur, de longs éclats de rire partaient de ces salons criminels, se mêlaient aux explosions du Champagne, aux frénétiques soupirs des prostituées en titre, et allaient mourir contre la guérite du dernier garde qui achevait de repousser ce peuple qui osait réclamer du pain.

Les plus honnêtes gens de la cour s'exilèrent volontairement ; on courut se cacher dans des terres ignorées, comme ces passans qui, surpris par un orage, se hâtent de se mettre à l'abri dans quelque grotte solitaire. C'est un nuage qui passe sur le trône, disait un maréchal de France, il faut le laisser crever. Le gouvernement était si dépravé, dit encore un historien, qu'aucun honnête homme n'y avait confiance.

Philippe, de concert avec son ministre Dubois, établit un système de bascule qui dura autant que son gouvernement. Après avoir fait cesser la persécution dirigée contre les Jansénistes, il maltraita les Jésuites ; mais bientôt ceux-ci se glissèrent au milieu du palais d'Orléans, et firent recommencer la guerre contre leurs rivaux avec un nouvel acharnement.

,La politique de son cabinet était lâche, égoïste et misérable ; tandis qu'il s'alliait à l'Angleterre, qu'il abandonnait indignement les Stuarts dont il pouvait tirer un grand avantage, en restant ennemi de la Grande-Bretagne, il faisait la guerre à Philippe V, son cousin, pour satisfaire une animosité personnelle. Le peu d'argent enfin que les prodigalités de Louis XIV avaient laissé dans les coffres était employé aux plaisirs du prince et à l'abaissement de la patrie : on payait avec lui l'infamie et la paix.

Pour mettre le comble à tant d'immoralité et de turpitudes, un Law, un aventurier, un

joueur effronté, chassé de toutes les cours où il
avait été proposer ses détestables talens, arrive
au Palais-Royal. Philippe le reçoit comme il
avait reçu jadis l'empoisonneur Homberg et
l'impudique Dubois; on règle, on discute froi-
dement les chances d'une banqueroute générale, d'une ruine universelle. Law promettait
non-seulement des richesses à ceux qui se li-
vreraient à lui, mais encore un prodigieux ac-
croissement de luxe; c'était promettre d'em-
poisonner le peuple. Il fut reçu lui et son système avec acclamation par la cour des *roués*.
On le fit Français, on le fit marquis, on le fit
chevalier des ordres du roi; il ne dépendit pas
du régent de le faire honnête homme; il ne
pouvait pas créer cette charge-là, que d'ailleurs
il connaissait à peine lui-même.

Ce désastreux système de Law, soutenu, ap-
puyé par toutes les forces du gouvernement,
acheva de miner l'édifice social et de corrompre
les mœurs. Des arrêts, dignes d'être signés Ves-

pasien ou Caligula, qui autorisaient la délation et l'espionnage, furent rendus. C'est alors que la frayeur et l'épouvante firent verser des sommes énormes à cette banque frauduleuse. Les Anglais applaudirent à la ruine future de la France, et bientôt des vaisseaux chargés d'une immense quantité de numéraire, passèrent le détroit, et allèrent déposer au pied de la Tour de Londres les trésors de notre malheureuse patrie.

Au milieu de ses joies effrontées, Philippe dirigeait la catastrophe générale : elle ne se fit pas attendre. Law et son système tombèrent dans l'abyme qu'ils s'étaient creusé ; mais en roulant avec fracas dans le précipice de la banqueroute, ils entraînèrent une multitude de victimes. La changeante fortune dans ce siècle falot semblait avoir choisi sa résidence à Paris ; des laquais devinrent grands seigneurs, des grands seigneurs se firent maltôtiers ; on vit des familles entières réduites à la mendicité, et des hommes

abjects s'élever tout-à-coup, et comme par en-
chantement, aux premières charges de l'état.

Cependant le fauteur de tant de désastres,
l'auteur de tant de maux, usait les restes d'une
existence si cruelle à l'humanité dans les pom-
pes fangeuses de son palais. Il recevait de la
secte philosophique, qui commençait à s'élever
alors, le surnom de BON pour prix de sa com-
plaisance à donner à l'athéisme le droit de bour-
geoisie ; on le fêtait à l'égal d'un grand prince,
et il ne tenait qu'à lui de se croire Titus dans
les vers de Voltaire, et Auguste dans les préfaces
de Destouches.

Ce fanfaron de vices, comme l'appelait avec
justesse Louis XIV, ne survécut pas long-temps
aux êtres auxquels il avait lié en quelque sorte
sa destinée politique. Il expira presque subite-
ment entre les bras de la duchesse de Phalaris,
sa maîtresse, et termina ainsi dignement une
carrière consacrée à l'abaissement de la France,
à la misère du peuple, à la honte de la couronne.

Si l'on considère actuellement les suites funestes du passage de ce duc d'Orléans sur le trône de France, on en sera épouvanté. C'est lui qui, en négligeant la marine fondée par Louis XIV, plaça la liberté des mers sous la sauve-garde de la punique Angleterre ; c'est lui qui désorganisa l'armée en vendant les régimens, comme on avait vendu jusqu'alors les chàrges de secrétaires du roi ; c'est lui qui, par sa monstrueuse politique, acheta une paix honteuse avec les deniers de la France, et se ligua avec l'Anglais contre des rois nos alliés naturels ; c'est encore lui qui ruina le commerce et l'industrie, en soutenant de toute la puissance d'une autorité alors sans contrepoids, la plus effroyable combinaison financière qu'on ait jamais faite ; c'est lui enfin qui, peu désireux de garder le *decorum* du trône et de la souveraine puissance, afficha hautement ses vices grossiers, fit trophée de ses turpitudes, et apprit au peuple à mésestimer et à haïr ses monarques, qu'il vénérait et qu'il aimait jadis au moins pendant leur vie,

La courte apparition du régent sur le trône a valu à la France le règne sans gloire et sans honneur de Louis XV ; le règne de Louis XV a amené vers la fin du siècle les massacres, les assassinats juridiques, la guerre civile et le meurtre d'un roi.

C'est pour flétrir devant la postérité ce règne d'or et de boue que Lagrange-Chancel composa les Philippiques. Comme Juvénal, dont il a souvent le vers dur et sanglant, il a peut-être outrepassé quelquefois les bornes de la satyre. Mais on doit pardonner au poète en faveur des sentimens, de la chaleureuse indignation de l'homme qui était CITOYEN dans un temps, hélas ! où il n'y avait que des grands Seigneurs et des bourgeois.

Première Philippique.

❦❦❦❦❦

Vous dont l'éloquence rapide,
Contre deux tyrans inhumains,
Eut jadis l'audace intrépide
D'armer les Grecs et les Romains ;
Contre un monstre encor plus farouche
Versez votre fiel dans ma bouche :
Je brûle de suivre vos pas ;
Et je vais tenter cet ouvrage,
Plus charmé de votre courage,
Qu'effrayé de votre trépas.

A peine il ouvrit les paupières,
Que tel qu'il se montre aujourd'hui,
Il fut indigné des barrières
Qu'il vit entre le trône et lui :
Dans ces détestables idées,
De l'art des Circés, des Médées
Il fit ses uniques plaisirs (1);
Il crut cette voie infernale
Digne de remplir l'intervalle
Qui s'opposait à ses désirs.

Contre ses villes mutinées
Un roi l'appelle à son secours (2);
Il lui commet les destinées
De son empire et de ses jours :
Mais, prince aveugle et sans alarmes,
Vois qu'il ne prend en main tes armes
Que pour devenir ton tyran,
Et pour imiter la furie
Par qui jadis ton Ibérie
Subit le joug de l'Alcoran.

Que de divorces, que d'incestes
Seront le fruit de ses complots !
Verrons-nous les flambeaux célestes
Reculer encor sous les flots?

Peuple, arme-toi, défends ton maître :
C'est peu que la main de ce traître
Cherche à lui ravir ses États ;
Le lit même de ton Philippe (3)
Doit voir de Thieste et d'OEdipe
Renouveler les attentats.

Mais ses trames sont découvertes :
Quels climats lui seront ouverts ?
Quelles îles assez désertes
Le cacheront à l'Univers ?
Sa patrie, indulgente mère,
Ouvre son sein à ce vipère
Avide de le déchirer.
S'il perd l'espoir d'une couronne,
Ce malheur n'a rien qui l'étonne ;
Il a de quoi le réparer.

Nocher des ondes infernales,
Prépare-toi, sans t'effrayer,
A passer les ombres royales
Que Philippe va t'envoyer.
O disgrâces toujours récentes !
O pertes toujours renaissantes !
Éternels sujets de sanglots !
Tels dessus la plaine liquide,

D'un cours éternel et rapide
Les flots sont suivis par les flots.

Ainsi les fils pleurant le père (4)
Tombent frappés des mêmes coups ;
Le frère est suivi par le frère ;
L'épouse devance l'époux.
Mais, ô coups toujours plus funestes !
Sur deux lys, nos uniques restes,
La faux de la Parque s'étend :
Le premier est joint à sa race ;
L'autre, dont la couleur s'efface,
Penche vers son dernier instant.

O roi depuis si long-temps ivre
D'encens et de prospérité,
Tu ne te verras plus revivre
Dans ta triple postérité.
Tu sais d'où part ce coup sinistre ;
Tu tiens son principal ministre,
Monstre vomi par les enfers ;
Son déguisement sacrilége (5)
N'usurpe point le privilége
De le garantir de tes fers.

Venge ton trône et ta famille,

Arme-toi d'un juste courroux ;
Prends moins garde aux pleurs de ta fille (6)
Qu'aux attentats de son époux :
Ta pitié serait ta ruine ;
Sois sourd aux cris d'une héroïne (7)
Digne d'un fils moins détesté :
Qu'il expire avec son complice ;
Tu sauveras par son supplice.
Le peu de sang qui t'est resté.

Mais par le juge que tu nommes (8),
Que prétends-tu développer ?
C'est le plus noir de tous les hommes,
Il ne cherche qu'à te tromper :
Sur le silence et l'imposture
Élevant sa grandeur future,
Il se ménage un sûr appui :
Sur cet événement tragique
Consulte la clameur publique ;
Elle est plus sincère que lui.

Vois comme le rang du coupable
N'imprime plus aucun respect ;
Comme la Cour inconsolable
Frémit d'horreur à son aspect !
Son âme tremblante et confuse

Craint déjà qu'on ne lui refuse
L'usage des feux et des eaux,
Et que les fières Euménides
N'arment contre ses parricides
Leurs couleuvres et leurs flambeaux.

Enfin le jour fatal arrive,
Tel qu'Albion l'avait prédit ;
Louis va sur la sombre rive :
Son ennemi s'en applaudit,
Et prenant les mœurs de Byzance,
Comme s'il avait pris naissance
Des Sélims ou des Bajazets,
Il court par l'effroi qu'il inspire,
Avec les rênes de l'empire,
Saisir le prix de ses forfaits (9).

Le tyran le plus sanguinaire
Montre d'abord quelques vertus :
Tels furent Néron et Tibère,
Tel fut le frère de Titus.
Le bruit du passé se dissipe ;
Déjà l'on transporte à Philippe
Tous les noms donnés à Trajan :
Il suit les antiques exemples

Des rois qui défendaient nos temples
Des attentats du Vatican.

Et toi cabale insociable (10),
Sous le nom de société,
De ton pouvoir insatiable
Vois détruire l'impiété ;
Vois sortir de tes mains profanes,
De l'exil où tu les condamnes
Et des fers où tu les retiens,
Ces grands cœurs, ces esprits sublimes,
Qui n'ont jamais eu d'autres crimes
Que d'avoir combattu les tiens.

La pourpre à tous tes traits en butte (11),
Trouve aujourd'hui sa sûreté ;
La foi que relève ta chute,
Va reprendre sa pureté :
Au Caton que tu veux proscrire (12),
Des lois soutiens de cet empire
Le sacré dépôt est remis :
Tremble, et crains la main équitable
Qui joint le glaive redoutable
A la balance de Thémis.

Achève d'être notre maître,

Prince digne du nom de roi ;
Les vertus que tu fais paraître
Ramènent tous les cœurs à toi :
Auguste en suivant ces maximes,
Sur ce qu'il obtint par ses crimes
S'acquit d'inviolables droits :
Les usurpateurs des provinces
En deviennent les justes princes
Quand ils donnent de justes lois.

Ma voix le frappe, il persévère ;
Tous ses instans sont glorieux :
Je vois purger le ministère (13)
D'un triumvirat furieux :
Nos armes long-temps négligées,
Nos finances mal dirigées,
Passent en de plus dignes mains ;
Et le cyclope impitoyable
N'a plus le pouvoir effroyable
Dont il accablait les humains.

Vous, dont les palais magnifiques
Se sont formés de nos débris,
Auteurs des misères publiques,
Monstres de notre sang nourris ;
Tels qu'on vit les fils de la Terre,

Dans un champ semé pour la guerre,
Aussitôt détruits qu'enfantés,
Thémis s'arme pour vous poursuivre :
Rentrez, troupe indigne de vivre,
Dans le néant dont vous sortez.

Et toi, leur agent détestable,
Et receleur de leurs larcins,
Dont la police épouvantable
Viola les droits les plus saints !
Regarde les honteux supplices
Où Thémis livre tes complices ;
Crains pour toi les mêmes horreurs :
Paris, devenu ta partie,
Attend cette dernière hostie
Comme la fin de ses malheurs.

Mais sa fureur a beau paraître,
Tu peux en braver les effets ;
Tu fus trop utile à ton maître
Dans l'examen de ses forfaits.
Il est à présent ton refuge ;
Il fait plus, il te rend le juge
De quiconque a cru te juger :
Le bras qui lance le tonnerre,

Fait connaître à toute la terre
Qu'il n'est pas sûr de t'outrager.

Attaque d'abord ce grand homme
Que Philippe craint encor plus
Qu'autrefois le tyran de Rome
Ne craignit Sénèque et Burrhus :
Hâte sa chute et sa disgrâce ;
Le tyran te garde sa place ;
Tu conviendras mieux à ses mœurs :
Avec le prix de tes services,
Tu sauras mieux flatter ses vices,
Tu serviras mieux ses fureurs.

Royal enfant, jeune monarque,
Ce coup a réglé ton destin ;
Par lui, l'inévitable Parque
Ne lâchera plus son butin.
Tant qu'on te verra sans défense,
Dans une assez paisible enfance
On laissera couler tes jours ;
Mais quand, par le secours de l'âge,
Tes yeux s'ouvriront davantage,
On les fermera pour toujours.

Enfin le torrent en furie

Rompt la digue qui le retient :
A sa première barbarie
Le tigre apprivoisé revient.
Quel chaos! quels affreux mélanges!
A des maux toujours plus étranges
Faut-il encor nous apprêter?
Thémis s'envole vers Astrée :
Cette détestable contrée
N'est plus digne de l'arrêter.

Quel nouveau spectacle s'apprête
Et nous remplit d'étonnement?
Quelle hydre, esclave d'une tête,
S'empare du gouvernement?
Tout commence, rien ne s'achève;
Chaque sentiment qui s'élève
Trouve un sentiment opposé :
Il n'est point de fils secourables
Contre les détours innombrables
Dont ce dédale est composé.

Où va ce nombre fanatique,
De qui l'orgueil s'est emparé?
Pourquoi, contre l'usage antique,
Veut-il faire un corps séparé?

Fiers de titres imaginaires,
Ces grands cœurs au rang de leurs pères
Dédaignent de se voir réduits ;
Et, comme les fleuves superbes,
Ils méconnaissent sous les herbes
La source qui les a produits.

Ombres, dont par toute la terre
On connaît les illustres noms,
Polignac, Bauffremont, Tonnerre,
Et vous mânes des Châtillons,
Je vous vois sur le noir rivage,
Frémir de l'indigne esclavage
Où vos neveux sont retenus,
Pour des noms égaux à tant d'autres,
Des noms obscurcis par les vôtres,
Et qui ne vous sont pas connus.

Contre vous, filles de Mémoire,
Le tyran n'est pas moins aigri ;
Des traits d'une fidèle histoire
Il voudrait se mettre à l'abri :
Surtout ennemi de la scène
Que par une rivale obscène
Il a cru pouvoir avilir,

Il craint que vos jeux dramatiques
N'étalent sous des noms antiques
Ce qu'il voudrait ensevelir.

De cette crainte imaginaire
Arouet ressent les effets (14) :
On punit les vers qu'il peut faire,
Plutôt que les vers qu'il a faits.
C'est sur des alarmes pareilles
Que l'imitateur des Corneilles (15)
Gémit au fond du Périgord ;
Et quoiqu'atteint de mille crimes (16),
Celui dont on craint peu les rimes
Ne craindra pas le même sort.

Cependant l'État se renverse,
Tous nos trésors sont engloutis ;
Partout s'interrompt le commerce,
Et les arts sont anéantis :
Des traités honteux s'exécutent (17) ;
Un roi que les siens persécutent (18)
Nous éprouve encor plus cruels.
Mais dans un temps comme le nôtre
Les usurpateurs l'un à l'autre (19)
Se doivent des soins mutuels.

Tandis qu'on brise les barrières (20)
Que nous achevions d'élever,
Qu'on ouvre de vastes carrières
A ceux qui nous voudront braver,
On passe le temps en délices;
Chacun se pare de ses vices
Comme d'un trophée éclatant;
Et les fers, l'exil et les gênes
Sont toujours les suites certaines
Des moindres plaintes qu'on entend.

Infâmes Héliogabales,
Votre temps revient parmi nous;
Voluptueux Sardanapales,
Philippe va plus loin que vous :
Vos excès n'ont rien qui le tente;
Son âme serait peu contente
De les avoir tous réunis,
S'il n'effaçait votre mémoire,
En faisant revivre l'histoire
De la naissance d'Adonis.

Toi qui joins au nœud qui vous lie
Des nœuds dont tu n'as point d'effroi,
Ni Messaline, ni Julie

Ne sont plus rien auprès de toi :
De ton père, amante et rivale,
Avec une fureur égale
Tu poursuis les mêmes plaisirs ;
Et, toujours plus insatiable,
Quand le nombre même t'accable,
Il n'assouvit point tes désirs.

Fille du plus grand roi du monde (21),
Qui, loin de marcher sur leurs pas,
Dans une retraite profonde
Ensevelissez vos appas ;
Seule exempte de leurs intrigues,
Parmi leurs plaisirs et leurs brigues
Les vôtres ne sont pas cités :
On ne vous voit que dans les temples,
Où vous leur donnez des exemples
Qui ne seront point imités.

Vous dont par un arrêt injuste (22)
Le grand cœur n'est point abattu,
Prince, qui d'une race auguste
Emportez toute la vertu,
(Tout le reste la déshonore),
La France contr'eux vous implore ;

Par ses cris laissez-vous gagner,
Et forcez sa reconnaissance
D'ajouter à votre naissance
Ce qui lui manque pour régner.

Deuxième Philippique.

Je vais rentrer dans la carrière :
Silence, lyre d'Apollon !
C'est à toi, trompette guerrière,
D'animer le sacré vallon ;
C'est à vous, belliqueuses fées,
D'inspirer à tous nos Orphées
Des chants mâles et pénétrans,
Dignes de verser dans nos âmes
Cet esprit d'intrigue et de trames
Qui fait la chute des tyrans.

Toi qui par la pourpre romaine
Brillas moins que par tes vertus,
Retz, dont l'audace plus qu'humaine
Relevait les cœurs abattus ;
Sur ton troupeau qui te réclame,
Sur un sénat dont tu fus l'âme (1)
Daignes encor jeter les yeux ;
Tends-leur d'en haut un bras propice,
Qui les sauve du précipice
Dont tu garantis leurs aïeux.

Sacrilége faim des richesses,
Osez-vous inventer des lois
Pour donner trois fois aux espèces
Un prix au-dessus de leur poids (2)?
Toi qui fus long-temps gémissante
Sous l'autorité ravissante
Des Vespasiens, des Galbas,
Vis-tu dans ces princes avares
Ni des rapines si barbares,
Ni des artifices si bas (3)?

Mortels qui tenez la balance
Entre le prince et les sujets,
Pouvez-vous garder un silence
Qui favorise ses projets?

Craignez-vous, par des voix soumises,
Par des remontrances permises,
D'armer la griffe du lion,
Et de voir la force et la fraude
Joindre les cruautés d'Hérode
Aux vices de Pygmalion?

Mais non : leur voix est entendue
De l'inflexible léopard ;
De sa retraite défendue
Ils percent le dernier rempart.
Quelles réponses! quels blasphêmes (4)!
Des Mézences, des Polyphêmes
La bouche a vomis moins d'horreurs :
Jamais Ajax bravant la foudre,
De celle qui le mit en poudre
N'a tant mérité les fureurs.

Tremble, Paris ; tu vas apprendre
A quel maître tu t'es donné :
De la vengeance qu'il va prendre
Tu seras long-temps étonné.
Réduite à souffrir sans se plaindre,
Rome n'eut jamais tant à craindre
Des fureurs de Caligula ;
Jamais tant de têtes proscrites

Ne lassèrent les satellites
De Marius et de Sylla.

Quels nouveaux bataillons accourent (5)
Sur nos rivages pleins d'effroi ?
D'où vient que tant d'armes entourent
Le sacré séjour de mon roi ?
L'étranger est-il à nos portes ?
Par de sacriléges cohortes
Nos temples sont-ils menacés ?
Et l'État, voisin de sa chute,
Craint-il de se revoir en butte
Aux horreurs des siècles passés ?

Quel est cet appareil sinistre
Dont le jour découvre l'horreur ?
Sur qui Philippe et son ministre
Vont-ils déployer leur fureur ?
Je vois un innocent monarque,
Conduit par la main de la Parque,
Comme une victime à l'autel,
Par ses regards, par son silence,
Autoriser la violence
Qui le condamne au coup mortel.

Pour entendre les lois injustes

Que vont dicter ses ennemis,
Je vois deux colonnes augustes
Sortir du palais de Thémis :
Dans leur marche majestueuse,
Une douleur respectueuse
Règne sur leur front généreux ;
Et le zèle qui les inspire
Leur fait craindre pour cet empire
Ce qu'ils ne craignent pas pour eux.

Tels s'avancèrent vers un homme,
Que moins de colère emporta,
Les graves pontifes de Rome
Et les prêtresses de Vesta :
Tels dans leurs murs réduits en cendre,
A ceux dont on nous fait descendre
S'offrirent jadis ces grands cœurs,
Ces vieux confrères de Camille,
Qui par leur port noble et tranquille
Epouvantèrent leurs vainqueurs.

Digne chef d'un corps plus illustre,
Quel est l'état où je te vois (6) ?
Ta gloire tire un nouveau lustre
Des outrages que tu reçois :
En vain, dans sa lâche colère,

Aux pieds de son dieu tutélaire
Le tyran te laisse abattu ;
Les blasphêmes dont il t'accable ,
Dictés par sa haine implacable ,
Font l'éloge de ta vertu.

Mais toi, qu'un arrêt plus indigne (7)
Perce encor de traits plus aigus,
Prince qui d'un trésor insigne
Était l'infatigable Argus ;
C'est peu qu'une injuste puissance,
Avec les droits de ta naissance,
Ait le front de te l'enlever :
Dans le coup fatal qui t'opprime,
Nous voyons le genre de crime
Qu'elle est sur le point d'achever.

Ainsi ta vigilance exacte,
Tes vertus, tes soins infinis,
Ont produit le malheureux pacte
Entre deux cyclopes unis (8)!
Ta tendresse, au gré d'un barbare ,
Fut trop soigneuse et trop avare
Du sang dont il veut se rougir :
Bourbon, plus dur et moins austère ,

Prêtera mieux son ministère
Au maître qui le fait agir.

Monstres d'Argos et de Mycène ,
Ne vantez plus vos attentats ;
Celui que médite la Seine
Passe tous ceux de l'Eurotas.
Toi, qui pour ta famille entière (9)
N'as fait qu'un vaste cimetière
De tes neiges, de tes glaçons ,
Ton fils, que ta fureur immole ,
Nous fait reconnaître l'école
Où tu vins prendre des leçons.

Ah ! si Louis des noirs rivages
Pouvait revenir dans sa cour ;
Que penserait-il des ravages
Qui la désolent chaque jour ?
Mais, de quelques objets terribles ,
De quelques changemens horribles
Qu'elle épouvantât ses regards,
L'apprêt d'une affreuse entreprise
Lui causerait moins de surprise
Que le silence de Villars.

O toi, qu'un double parricide

Joint pour jamais à ton époux,
Tendre et fidèle Adélaïde,
Reviens un moment parmi nous :
Arme-toi des mêmes furies
Que pour de moindres barbaries
Inventa la mère d'Hector ;
Ne cède pas à la Luxure
L'honneur de venger ton injure
Sur ce nouveau Polymnestor.

Aimable enfant, tu vois le gouffre
Qui doit te joindre à tes aïeux :
On connaît ce que ton cœur souffre
Aux pleurs qui coulent de tes yeux (10).
Mais, malgré ta douleur amère,
N'espère plus revoir ce père
Que tes cris appellent en vain ;
On estime trop peu ta vie,
Pour avoir la pieuse envie
De te ramener dans son sein.

Noble compagne de sa couche,
Pour qui la gloire a tant d'appas,
Je vois que ce malheur te touche
Plus que l'approche du trépas.
Un avorton de la nature (11),

Qui, malgré sa naissance obscure,
Porte un cœur plus fier que le tien,
Vient d'une bouche impitoyable
T'apporter l'arrêt effroyable
Qui confond ton rang et le sien.

Lâches, dont la paix ni la guerre
N'ont jamais distingué le nom,
Inutiles poids de la terre,
Guiche, La Force et Saint-Simon (12),
Votre orgueil et votre ignorance
Feront le destin de la France;
Tout sentira votre pouvoir;
Et l'on accablera des princes,
De nos malheureuses provinces
Et tout l'amour et tout l'espoir!

Du Maine, de la tyrannie
Souffre le cours sans t'émouvoir;
Elle sera bientôt finie;
Ses excès me le font prévoir.
Vois quelles nouvelles tempêtes
Vont chercher les plus nobles têtes
Jusques dans le sein de Thémis,
Et que, réduits à cet usage,

Nos guerriers n'ont plus de courage
Que contre de tels ennemis.

Tandis que la mort et la crainte
Assiégent tes persécuteurs,
Fuis, princesse, sors d'une enceinte
Ou d'assassins, ou de flatteurs.
Les arts marcheront sur tes traces ;
Dans la faveur, dans les disgrâces
Ton destin doit régler le leur :
Ils ont partagé ta fortune ;
D'une constance peu commune
Ils partageront ton malheur.

Cependant un grand roi s'apprête
A te rétablir dans tes droits ;
L'Espagne forme une tempête
Vengeresse du sang des rois.
Objet de notre idolâtrie,
Cher prince, venge ta patrie ;
Songe qu'elle fut ton soutien,
Et que dans son besoin extrême
Tu dois rendre à son diadême
Tout ce qu'elle a fait pour le tien.

En vain un pouvoir tyrannique

Pense t'en fermer les chemins,
Avec le secours britannique
Et l'alliance des Germains.
Ouvre seulement la carrière :
La France n'a point de barrière
Qui ne s'abaisse sous tes pas,
Ni son sein d'enfant digne d'elle
Qui n'affronte pour ta querelle
Toutes les horreurs du trépas.

Poursuis ce prince sans courage (13),
Par ses frayeurs déjà vaincu :
Fais que dans l'opprobre et la rage
Il meure comme il a vécu ;
Que sur sa tête scélérate
Tombe le sort de Mithridate
Pressé des armes des Romains ;
Et que son désespoir extrême
Ait recours à ses poisons même,
Pour se garantir de tes mains.

Troisième Philippique.

❦❦❦❦❦❦

Coupable reine d'Amathonte,
Dont les excès impétueux
Ne laissent ni remords ni honte
Dans un tyran voluptueux (1);
C'est à toi, source d'infamie,
Que ma lyre, ton ennemie,
Veut adresser ses nouveaux sons,
Pour célébrer une victoire
Digne d'éterniser la gloire
Du plus cher de tes nourrissons.

En vain l'Espagne s'émancipe
De porter trop loin son pouvoir ;
Albion se vend à Philippe (2)
Pour la ranger à son devoir.
Après cet exploit authentique,
Fais venir la prêtresse antique,
Les honteux restes de Terra ;
Fais que sa main incestueuse
Dresse une couche somptueuse
Pour joindre Cynire à Myrrha.

Suis-les dans cette autre Caprée (3)
Où, non loin des yeux de Paris,
Tu te vois bien mieux célébrée
Que dans l'île que tu chéris :
Vers cet impudique Tibère
Conduis Sabran et Parabère,
Rivales sans dissension ;
Et, pour achever l'allégresse,
Conduis Priape à la princesse
Sous la figure de Riom.

Que parmi de lascives troupes
De tes sujets les plus zélés,
Le vin se verse à pleines coupes
Par la main des enfans ailés ;

Que la nature sans nuages
Montre en eux tous ses avantages,
Comme dans nos premiers aïeux ;
Qu'ils tournent leurs mains effrontées
Contre des modes inventées
Pour le supplice de leurs yeux.

Vainqueur de l'Inde, dieu d'Eryce,
Soyez les âmes du festin ;
Faites que tout y renchérisse
Sur Pétrone et sur l'Arétin :
Que plus d'une infâme posture,
Plus d'un outrage à la nature
Excitent d'impudiques ris,
Et que chaque digne convive
Y trace une peinture vive
De Capoue et de Sybaris.

Dans ces saturnales augustes,
Mettez au rang de vos égaux
Et vos gardes les plus robustes (4),
Et vos esclaves les plus beaux :
Que la faveur ni la puissance,
La fortune ni la naissance,
N'y puissent remporter le prix ;
Mais que sur tous autres préside

Quiconque a la vigueur d'Alcide
Sous un visage de Pâris.

Sommeil, donne enfin quelque trève
A tant d'agréables travaux ;
Il faut que la fête s'achève
Par la douceur de tes pavots.
Que chacun, content de soi-même,
Entre les bras de ce qu'il aime
Se laisse tomber mollement ;
Et que dans l'un et l'autre sexe,
La fin de cette pièce implexe
Soit digne du commencement.

Rome, tu n'es pas moins en proie
A ton implacable ennemi :
Tibère dort ivre de joie ;
Mais Séjan n'est pas endormi (5).
Dans ses pareils, ou ses complices,
Il sait aux plus justes supplices
Ravir poison, vols et duels ;
Et contre des cœurs purs et justes,
Les Busiris ni les Procustes
N'ont jamais été si cruels.

Sa barbare persévérance

A suivre son cruel penchant,
Du dernier soleil de la France
Avait obscurci le couchant :
Aujourd'hui son pouvoir plus vaste
Porte sa fureur et son faste
Dans un excès encor plus grand ;
Et, de tant d'horreurs qu'il prodigue,
Le fer serait la seule digue
Qui pût arrêter ce torrent.

Quoi, Thémis! ta brillante épée
Est inutile dans ta main !
Pourquoi n'est-elle pas trempée
Dans le sang de cet inhumain?
Pourquoi, pour prévenir leur chute,
Sous tant de bras qu'il persécute
N'est-il pas encore abattu?
Soit par force ou par industrie,
Tout crime fait pour la patrie
Devient un acte de vertu.

La patrie en vain vous implore (6)!
Vils Français! tremblez que sur vous
Le Ciel n'appesantisse encore
Les fers dont vous semblez jaloux.
Qui vit esclave, est né pour l'être.

Armez-vous : dans le sang du traître
Effacez votre déshonneur.
Dieu suspend souvent son tonnerre ;
Mais il mit le fer dans la terre
Pour en frapper l'usurpateur.

Déserteur de ton Evangile (7),
Geai paré des plumes d'autrui,
La Force, où sera ton asile
Lorsque tu perdras cet appui ?
Chez qui pourras-tu te produire,
Quand tu n'auras pour t'introduire
Que le secours de tes clartés,
Quelques missions séraphiques,
Peu de campagnes pacifiques,
Et beaucoup de vers empruntés.

Mais, comme dans la tragédie
Les acteurs muets sont permis,
Ne crains pas qu'on te congédie
Du poste où le tyran t'a mis :
Pour t'approcher de sa victime,
Dans un rang encor plus sublime
Il va te créer un emploi ;
Tes pareils lui sont nécessaires.

Qui trahit le Dieu de ses pères
Est digne de trahir son roi.

Poursuis, Néron, de tels ministres
Sont propres à te signaler.
Achève, tant de pas sinistres
Ne sont pas faits pour reculer.
Veux-tu t'assurer de l'Espagne?
Cède l'Alsace à l'Allemagne,
Les Trois Évêchés aux Lorrains;
Et sourd aux cris de ta patrie,
Rends l'Aquitaine et la Neustrie (8)
A leurs antiques souverains.

Quatrième Philippique.

⊕⊕⊕⊕⊕⊕

Quelles vastes métamorphoses,
Tandis que j'étais dans les fers (1),
Changeaient l'ordre de toutes choses
Jusqu'au fond même des enfers!
La Discorde y reprend ses chaînes ;
Les deux Philippes, à leurs haines,
Font succéder des nœuds si beaux,
Que pour tant de cérémonies
Les deux puissances réunies
N'auront pas assez de flambeaux.

Roi trop pieux, tels sont les piéges (2)
Qu'un directeur vénal te tend,
Lorsqu'à ses genoux sacriléges
Tu répands ton cœur pénitent :
C'est dans ce tribunal suprême
Qu'il abuse du diadème
Que lui soumet ta piété,
Et que les faux pas qu'il t'inspire,
Par la chute de ton empire
Relèvent sa société.

Cependant ma Muse, affranchie
De ses triples portes d'airain,
Dans un coin de ta monarchie
Croit respirer un air serein :
J'y crois revoir le temps célèbre
Où les bords du Tage et de l'Èbre
Recevaient les fameux proscrits,
Quand Sylla pratiquait dans Rome
Les mêmes excès qu'un autre homme
A renouvelés dans Paris.

Mais de cet asile équivoque
Je commence à peine à jouir,
Que l'Èbre esclave le révoque (3)
Quand la Seine s'est fait ouïr.

Pour fuir un second esclavage,
Irai-je voir sur le rivage
Ou d'Ispahan ou de Memphis,
Si, des rois chrétiens rejetée,
La vertu sera mieux traitée
Chez les Sultans ou les Sophis?

Toi, dont l'or meut toute la terre
Par l'espoir d'un bandeau royal,
Te parais-je un foudre de guerre?
Me prends-tu pour un Annibal?
Veux-tu partout qu'on me dénie
L'asile de la Bithynie,
Ou de la cour d'Antiochus?
Veux-tu, du Midi jusqu'à l'Ourse,
Me prescrire la même course
Que prit la fille d'Inachus?

Je vois un peuple à qui le Tibre (4)
A transmis sa gloire et ses lois,
Peuple à qui l'ardeur d'être libre
A coûté d'aussi longs exploits :
C'est là qu'un lion secourable
M'offre une égide impénétrable
Contre un lion persécuteur,
Où je puis, libre et philosophe,

Attendre en paix la catastrophe
Ou du pupille ou du tuteur.

Tu célèbres tes funérailles
Par des danses et par des chants,
Roi, qui déchires nos entrailles
Par des spectacles si touchans :
Victime, au milieu de ces fêtes,
D'un monstre armé de quatre têtes (5),
Par qui ton sort est achevé,
Ne fais-tu briller tant de charmes
Que pour nous coûter plus de larmes
Quand tu nous seras enlevé ?

Quel autel, quel trône s'élève ?
Pour qui, prêtres de l'Éternel,
Portez-vous cette huile et ce glaive ?
Pour qui ce bandeau solennel ?
Sur quel front voulez-vous qu'il brille ?
Est-ce Jephté, qui pour sa fille
Me glace d'un mortel effroi ?
Est-ce Joas que je contemple ?
Le couronnez-vous dans ce temple
Comme victime, ou comme roi ?

Ne soupçonne plus d'artifice

Ce mémorable événement,
France : où tu crains un sacrifice,
Tu ne vois qu'un couronnement.
L'on y mettrait de vains obstacles :
Celui qui fait les grands spectacles
Te répond des jours de ton roi;
Toujours ouverts sur cette pompe,
Ses yeux, qu'aucun piége ne trompe,
Remplacent ceux de Villeroi.

D'une insolente dictature
Sylla justement dépouillé,
Va rendre compte à la nature
Des crimes dont il s'est souillé.
Déjà vers le jeune Pompée
Vole la foule détrompée :
Méchans, vos beaux jours sont passés.
Tremblez! par une fuite prompte
Prévenez la mort ou la honte
Dont vos crimes sont menacés.

Soleil, dissipe ce fantôme (6)
Qui paraît dans un si grand jour :
A ton départ c'est un atôme,
C'est un colosse à ton retour.
Rome, que veux-tu que je croie,

De voir que ta pourpre est la proie
De ce troisième scélérat,
Par qui l'obscurité de Brive,
Pour tenir la Gaule captive,
Achève le triumvirat (7)?

Duc, que nul opprobre ne touche,
Et qui, pour l'exemple du temps,
Méritait mieux qu'Horn et Cartouche
D'expier tes vols éclatans,
Un nouvel arrêt te menace
D'envoyer ton ombre tenace
Porter ton tribut au nocher
Où d'Argenson, près de Sisyphe,
Attend le secours de ta griffe
Pour rouler le même rocher.

Revenez briller dans vos places,
Héros indignement chassés (8) ;
Plus célèbres par vos disgrâces
Que par vos triomphes passés :
D'Aguesseau, hâte ton hommage :
Villeroi, que malgré ton âge
Ton zèle redouble tes pas :
Noailles, à ce jeune Auguste

Rends un ami sincère et juste
Qu'Antoine ne méritait pas.

Nouvelle reine de Palmyre (9),
Epoux, domestiques, enfans;
Moderne Longin que j'admire (10),
Montrez-lui vos fers triomphans.
Roi, voilà ceux que tu dois croire :
Sans eux, ton pouvoir ni ta gloire
Ne sauraient bien se rétablir :
Par eux, tu puniras l'offense
Qui dans une éternelle enfance
A voulu te faire vieillir.

Romps le charme qui t'environne,
Tire-toi d'un piége mortel;
Brise un joug qui mit ta couronne
Dans la famille de Martel.
Que ton bras formidable aux crimes
Vienne achever ce que mes rimes
Ont eu l'honneur de commencer,
Et d'avoir, comme aigles légères,
Porté les foudres messagères
De celles que tu dois lancer.

Alors, Thèbes, Troie et Mycène,

Vous cesserez de vous vanter
Que mon luth, amant de la Seine,
N'ait que vos crimes à chanter :
L'ambition et la vengeance,
Filles d'une longue régence
Qui surpassèrent vos horreurs,
Sans remuer vos cimetières,
Fourniront assez de matières
A mes poétiques fureurs.

Cinquième Philippique.

Enfin la mort de Capanée
Sert d'exemple aux ambitieux,
Et la foudre de Salmonée
Cède à celle qui part des Cieux.
Qui veut trop s'élever trébuche :
Le crime dans sa propre embûche
Se trouve souvent abattu ;
Et Clothon à nos vœux propice,
Le pousse dans le précipice (1)
Dont il menaçait la vertu.

Que vois-je ? à peine son pied touche
Les tristes bords du Phlégéton,
Que pour son trône et pour sa couche
Je vois les frayeurs de Pluton !
Je vois sur la rive infernale
Pygmalion, Sardanapale,
Ravis de pouvoir l'embrasser;
Et Cacus, Sisyphe et Tantale
Donner à cette ombre royale
La gloire de les surpasser.

Chez toi vois descendre la Guerre,
Pluton; on va te mettre aux fers :
Il n'a pu régner sur la terre;
Il régnera dans les enfers.
Crains pour ton honneur, chaste reine :
Ce que vit autrefois la Seine,
Le Styx le verra sur ses bords;
Tu seras en butte à sa flamme :
Tout cède aux transports de son âme;
Sa passion vit chez les morts.

Là, Biblis n'est plus occupée
A faire un ruisseau de ses pleurs :
Phèdre, Jocaste, Pélopée,
N'ont plus ni remords, ni douleurs :

Des sanguinaires Danaïdes
Et des lascives Propétides
Les hommages lui sont rendus ;
Et sa fille qui les amène,
Lui promet un plus grand domaine
Que les États qu'il a perdus.

J'aperçois la reine d'Ithaque
Chercher les plus creux monumens,
Pour fuir une plus vive attaque
Que celle de tous ses amans :
Dans les bras de l'époux qu'elle aime,
Je vois Andromaque elle-même
Craindre de s'en voir arracher ;
Et dans l'effroi qui la possède,
Didon appeler à son aide
Les flammes d'un nouveau bûcher.

Plus noir que le reste des ombres,
D'Argenson vole à son secours (2),
Plus terrible aux rivages sombres
Qu'à ceux où la Seine a son cours :
Avec sa fureur ordinaire
Il prend le poste sanguinaire
Qu'Éaque tient près de Pluton :
Dubois succède à Rhadamante,

Et Minos, saisi d'épouvante,
Quitte la place à Daubenton.

Ravi que la France ait vu naître
Un Prince plus mauvais que lui,
Des poisons qui l'ont fait connaître
Charles lui vient offrir l'appui (3).
Celui qui s'acquit l'avantage
De mettre nos rois hors de page (4)
L'observe d'un œil attentif ;
Et reconnaît qu'en tyrannie,
Auprès d'un si rare génie
Il ne fut jamais qu'apprentif.

Prince, rends ton règne célèbre
Sur le rivage souterrain,
Sans craindre que la Seine et l'Èbre
Regrettent un tel souverain ;
Contens que leurs deux monarchies
Soient heureusement affranchies
De tes exécrables projets,
Ils te verront sans jalousie,
Par les lois de ta frénésie,
Gouverner tes nouveaux sujets.

FIN DES PHILIPPIQUES.

NOTES.

PREMIÈRE PHILIPPIQUE.

(1) *Il fit ses uniques plaisirs.*

Philippe, duc d'Orléans, se livra de bonne heure à l'étude de la chimie. Il s'était également appliqué aux beaux-arts; il a fait la musique d'un opéra dont les paroles étaient du marquis de La Fare, ami de Chaulieu, et on conserve avec soin quelques estampes qu'il avait gravées lui-même. La jeunesse de ce prince ne fut pas moins extraordinaire que son âge mûr. Il eut tour à tour cinq gouverneurs : le maréchal de Noailles, le maréchal d'Estrade, le duc de La Vieuville, le marquis d'Arcy, M. de Saint-Laurent. Ils périrent tragiquement tous les cinq ; et l'éducation du prince fut alors donnée sans partage à l'abbé Dubois.

(2) *Un roi l'appelle à son secours.*

Philippe V, roi d'Espagne et petit-fils de Louis XIV. Le duc d'Orléans commanda les armées espagnoles avec beaucoup de succès ; mais il fut bientôt accusé de négocier secrètement avec les Anglais et l'Empereur : Louis XIV le rappela. Si le conseil du roi eût adopté l'avis du grand dauphin , il eût eu la tête tranchée.

(3) *Le lit même de ton Philippe.*

Les médisans de cour prétendaient que Philippe avait eu un goût très-vif pour la reine d'Espagne , sa nièce , et que la princesse des Ursins avait déjoué l'intrigue.

(4) *Ainsi les fils pleurant le père.*

Louis, dauphin , dit Monseigneur , expira le 14 avril 1711 ; le duc de Bourgogne périt le 18 février 1712 ; le duc de Berri le 4 mai 1714 ; la duchesse de Bourgogne précéda son mari de six jours au tombeau ; Louis , duc de Bretagne , leur fils aîné , mourut le 8 mars 1712. Il ne resta , de toute cette famille naguères si florissante , que le jeune duc d'Anjou (depuis Louis XV), malade et encore au berceau. « Si le dernier, qui agonise, périt , s'écria un jour le duc de Noailles , je serai le Brutus. » Ce mot généreux fut déshonoré quelque temps après par son auteur.

(5) *Son déguisement sacrilége.*

Un cordelier accusé d'avoir empoisonné les princes de la famille royale fut arrêté en Bretagne et envoyé en Espagne, où Philippe V le fit enfermer à la tour de Ségovie. Ce misérable n'était qu'un aveugle instrument. A sa mort , on trouva dans sa robe de bure , qu'il n'avait jamais voulu quitter, une somme considérable en or, et une correspondance en chiffres, dont on ne put jamais trouver la clef.

(6) *Prends moins garde.*

Le duc d'Orléans avait épousé, le 18 février 1692, Mlle de Blois, fille naturelle de Louis XIV, et de Mme de Montespan.

(7) *Sois sourd.*

Charlotte-Elisabeth de Bavière. La mémoire de cette princesse est encore chère aux arts et aux lettres dont elle encourageait les progrès.

(8) *Mais par le juge, etc.*

Louis XIV nomma d'Argenson pour être présent à l'ouverture des cadavres des princes. Malgré l'examen des médecins, d'Argenson déclara qu'on n'avait trouvé aucun indice de poison. D'Argenson fut revêtu sous la régence des plus hautes dignités. La ville de Paris lui doit de la reconnaissance. Etant lieutenant de police, il contribua à doter la capitale d'Etablissemens utiles : il sut aussi se faire craindre et respecter de la populace. On raconte qu'un jour, traversant la place Maubert dans une voiture qui n'était pas la sienne, il n'eut besoin que de mettre sa tête à la portière pour apaiser une rixe que cinquante soldats du guet n'avaient pu jusque-là arrêter. D'Argenson était merveilleusement laid, et savait donner à son ignoble physionomie toutes les nuances du mécontentement , de la colère et de la fureur. Le régent l'appelait *le bouc sans queue.*

(9) *Saisir le prix , etc.*

Le duc d'Orléans fit environner le Palais de Justice, dans la nuit du 1ᵉʳ au 2 septembre , par le régiment des gardes dont le colonel lui était vendu.

(10) *Et toi cabale.*

Les Jésuites.

(11) *La pourpre.*

Le cardinal de Noailles, que les Jésuites avaient fait exiler.

(12) *Au Caton , etc.*

M. d'Aguesseau, qui n'aura d'autre tort aux yeux de la postérité, que d'avoir été chancelier de France , Philippe d'Orléans étant régent, et Dubois premier ministre, ou du moins ministre dirigeant.

(13) *Je vois purger.*

Les vers et les suivans font allusion au renvoi de Voisin-Desmarets et Pont-Chartrain , et à l'établissement de la chambre de justice destinée à examiner la conduite de toute la tourbe financière de l'époque. Au milieu des Boulainvilliers , des Pâris-Duverny , des Lenormand, des Chauvelin, on fut étonné de voir M. d'Argenson, lieutenant-général de police, accusé de malversation et de péculat; et ce fut un tel homme qui obtint la place du vertueux d'Aguesseau !

(14) *Arouet ressent les effets.*

Arouet ou Voltaire fut envoyé à la Bastille pour une pièce de vers intitulée les *J'ai vu*, et qui lui fut attribuée. On lui attribua également une petite satire intitulée *La Naissance d'Adonis*, faite à l'occasion d'un accouchement de la duchesse de Berri. Voltaire, dans son poëme de la Pucelle, a fait diverses allusions aux amours du chevalier de Riom et de la duchesse de Berri. Voltaire, pour arriver au point de tout dire, a été obligé de tout flatter.

(15) *L'imitateur des Corneilles.*

Lagrange-Chancel, auteur d'Amasis et de Jugurtha. Il était alors exilé.

(16) Le poëte Roi, auteur médiocre et homme peu estimable.

(17) *Des traités honteux.*

Le traité de la triple alliance, conclu à La Haye le 4 janvier 1717, digne du prince qui le ratifiait, et du né_ gociateur qui le présentait (l'abbé Dubois).

(18) *Un roi que les siens, etc.*

Jacques Stuart, le prétendant, renvoyé de France en vertu du traité précédent.

(19) *Les usurpateurs.*

Le régent et le roi George Ier, tige de la maison de Brunswick - Hanovre, qui règne encore aujourd'hui.

(20) *On brise les barrières.*

Démolition des forts de Mardik et de Dunkerque, accordée aux Anglais par le traité Dubois.

(21) *Fille du plus grand roi.*

La princesse de Conti, douairière, fille naturelle de Louis XIV et de Mme de La Vallière. Elle s'était retirée à St.-Cyr, où elle fut le modèle de toutes les vertus.

(22) *Vous dont par un arrêt.*

Les ducs du Maine et de Toulouse, fils naturels de Louis XIV et de Mme de Montespan. Le duc d'Orléans, les joua le 1er juillet 1717.

DEUXIÈME PHILIPPIQUE.

(1) *Sur un sénat.*

Le cardinal de Retz dirigea long-temps les volontés du parlement de Paris, par l'ascendant de son génie.

(2) *Un prix au-dessus de leur poids.*

Par édit du mois de mai 1718, le prix de la pièce d'or de 24 livres fut porté à 72.

(3) *Ni des artifices si bas.*

Appui et complice de l'écossais Law, le régent donna divers arrêts du conseil en faveur du système : ceux des 27 décembre 1718 et 27 février 1720, sont les plus ridiculement remarquables. Par le premier, défense était faite d'effectuer des paiemens en argent au-dessus de 900 livres ; par le second, il était défendu de garder *chez soi* plus de 500 liv. en argent monnayé, sous peine d'amende et de confiscation, le tiers au dénonciateur, etc. Voilà l'homme qu'on n'a pas rougi d'appeler le *bon* régent.

(4) *Quelles réponses !*

Forcé d'entendre les remontrances du parlement, le régent répondit : Vous avez tout dit ; eh bien ! allez vous faire f..... Votre altesse, dit gravement l'orateur, or-donne-t-elle de faire mention de sa réponse sur les regis-tres de la cour ?

(5) *Quels nouveaux bataillons.*

Ce vers et les suivans font allusion aux précautions prises par le duc d'Orléans, pour imposer sa volonté au parlement, dans le lit de justice tenu le 26 août 1781. Les environs de Paris étaient remplis de troupes ; les préparatifs furent faits de nuit, et dès le point du jour deux régimens dévoués étaient sous les armes dans la place du Carrousel.

(6) *Quel est l'état où je te vois ?*

Le président de Novion s'était mis à genoux devant le

trône pour débiter sa harangue. Philippe d'Orléans le laissa dans cette posture humiliante pendant toute la durée du discours. C'est dans ce fameux lit de justice que d'Argenson fut nommé vice-chancelier, et que les enfans naturels de Louis XIV furent dépouillés d'une partie de leurs droits.

(7) *Mais toi, qu'un arrêt.*

Le duc du Maine, à qui on ôta la surintendance de l'éducation de Louis XV.

(8) *Entre deux cyclopes unis.*

Philippe avait la vue affaiblie par ses débauches. Le duc de Bourbon, son favori, était devenu borgne par un coup de fusil reçu à la chasse.

(9) *Toi, qui pour ta famille, etc.*

Le czar vint à Paris en 1718, et quelques années après fit mourir son fils Alexiowitch. Si le czar prit à Paris des leçons de cruauté, ce qui n'est guère présumable, ce ne fut sans doute pas à l'école du régent, pour lequel il montra toujours une véritable aversion. Le jour que le czar vint prendre congé du jeune roi (Louis XV), il lui dit avec émotion, en le prenant par le bras : Je souhaite de tout mon cœur que Votre Majesté croisse en tout bien, et règne un jour avec gloire; peut-être viendra-t-il un temps où nous pourrons avoir besoin l'un de l'autre et nous rendre mutuellement service.

(10) *Aux pleurs qui coulent.*

Louis XV, enfant, pleura plusieurs fois pendant la tenue du lit de justice, tant parce qu'on éloignait le duc du Maine qu'il aimait, qu'à cause des mauvais traitemens qu'on faisait éprouver au parlement.

(11) *Un avorton de la nature.*

Le duc de Saint-Simon, laid, fat et méchant.

(12) *Guiche, La Force, etc.*

Le duc de Guiche, depuis maréchal de Grammont, fut accusé de s'être caché à la bataille de Malplaquet. Le duc d'Orléans lui donna le bâton de maréchal, parce qu'il s'était saisi, avec le régiment des gardes, des avenues du Palais de Justice, le jour où lui, duc, s'était emparé de la régence, en faisant casser le testament de Louis XIV.

La Force, autre favori de Philippe, était d'une avarice sordide, et s'attira, par ses écarts scandaleux, une admonition de la part du parlement.

(13) *Poursuis ce prince.*

Le satirique Lagrange s'est éloigné dans cet endroit de la vérité. Philippe d'Orléans, régent, était fort brave, et il en avait donné des preuves à Nerwind, à Dunkerque et au siége de Turin.

TROISIÈME PHILIPPIQUE.

(1) *Dans un tyran voluptueux.*

La marquise d'Argentan, la comédienne Desmares, les comtesses de Sabran, de Parabère, Emilie, Sourie, la petite Leroy, formaient le harem ordinaire de ce prince. La duchesse de Berri, sa fille, était à la tête de ce troupeau féminin.

(2) *Albion se vend à Philippe.*

Une flotte anglaise, équipée avec l'argent de la France, surprit et battit la flotte espagnole, malgré un traité récemment signé entre les deux nations.

(3) *Suis-les dans cette autre Caprée.*

Le château de la Muette, ou plutôt de la Meute. Dans les orgies qui se faisaient à cette résidence, les plus beaux pages du régent et les jeunes filles de la maison de la duchesse de Berri servaient à table dans un état complet de nudité.

(4) *Et vos gardes les plus robustes.*

Philippe d'Orléans s'était formé une compagnie de quarante gardes, ou plutôt de sicaires. Le plus vigoureux de ces misérables était admis aux plaisirs du prince.

(5) *Séjan n'est pas endormi.*

D'Argenson, dont on disait spirituellement : C'est le *vice* chancelier.

(6) *La patrie en vain vous implore.*

Cette belle strophe ne se trouvait, avant l'édition de 1795, ni dans les Philippiques imprimées, ni dans les manuscrits. Le célèbre comte de Mirabeau l'avait rétablie de sa main dans le manuscrit qu'il possédait des Philippiques.

(7) *Déserteur de ton Évangile.*

Le duc de La Force, né huguenot, avait abjuré. Il avait fait plus, il s'était mis au nombre des convertisseurs dans les dernières années du siècle de Louis XIV. Le régent le nomma *surintendant des menus plaisirs.*

(8) *Rends l'Aquitaine et la Neustrie.*

Les antiques souverains de l'Aquitaine et de la Neustrie sont les Anglais.

QUATRIÈME PHILIPPIQUE.

(1) *Tandis que j'étais dans les fers.*

Lagrange-Chancel avait été arrêté et conduit aux îles Sainte-Marguerite. Il parvint à s'échapper sur une barque de pêcheurs qui le conduisit à Villefranche. Il alla en Espagne, puis en Hollande. Le roi de Pologne, Auguste III, lui envoya une montre enrichie de pierreries et l'engagea à venir dans ses États, lui promettant un poste digne de son courage et de ses talens. Lagrange-Chancel allait céder à cette généreuse invitation, quand il apprit la mort du régent et son rappel dans sa patrie. Il s'excusa auprès du roi de Pologne dans une épître pleine de chaleur et de verve, et se hâta de revenir à Paris, où il fut reçu comme un homme de talent et de courage. Un jour qu'il assistait, dans une loge, à la reprise d'une de ses tragédies (Adherbal), le public lui fit l'application de ces vers, en les couvrant de bravos :

> Enfin, par son départ sans trouble et sans alarmes,
> De vos embrassemens je puis goûter les charmes.
> Si jusques à présent vous m'avez vu, seigneur,
> De l'empire romain soutenant la grandeur,
> Parler comme envoyé de notre république,
> En ami, maintenant, souffrez que je m'explique...

Le poète ne sut pas résister à son émotion, et répandit des larmes de reconnaissance et de joie.

(2) *Tels sont les piéges.*

Daubenton, jésuite et confesseur du roi d'Espagne, que le régent avait corrompu et qui devint bientôt sa dupe.

(3) *L'Èbre le révoque.*

L'ambassadeur de France en Espagne obtint que Lagrange-Chancel, qui s'y était réfugié, en serait expulsé.

(4) *Un peuple à qui le Tibre, etc.*

La Hollande, où l'auteur se réfugia. Les Etats-généraux lui accordèrent le titre de bourgeois d'Amsterdam, pour le mettre à l'abri des réclamations du ministère français.

(5) *D'un monstre armé de quatre têtes.*

Le traité de la quadruple alliance, signé à Londres, le 21 août 1718, entre la France, l'Empire, l'Angleterre et la Hollande.

(6) *Soleil, dissipe ce fantôme.*

On connaît la fortune de l'ignoble ami du régent, qui osa déshonorer le siége épiscopal de Fénélon.

(7) *Achève le triumvirat.*

Le duc d'Orléans, le duc de Bourbon et le cardinal Dubois.

(8) *Héros indignement chassés.*

Le chancelier d'Aguesseau, les maréchaux de Villeroi, d'Huxelles, de Tallard, de Bezons et de Noailles. Il faut avouer pourtant que du temps de Lagrange-Chancel, on prodiguait un peu vite et à bon marché le titre de *héros*. C'est peut-être encore un peu comme cela aujourd'hui.

(9) *Nouvelle reine de Palmyre.*

La duchesse du Maine comparée à Zénobie. La comparaison est un peu outrée. Cette princesse avait de l'esprit, du goût et des talens ; c'est à elle que le régent dit un jour, en lui montrant une lettre que sa fille, Louise-Adélaïde d'Orléans, religieuse, avait signée épouse de Jésus-Christ : Je crois que je suis assez mal avec mon gendre.

(10) *Moderne Longin* .

Le président de Malezieux, ou bien selon d'autres annotations le cardinal de Polignac.

CINQUIÈME PHILIPPIQUE.

(1) *Le pousse dans le précipice, etc.*

Le régent mourut dans les bras de la duchesse de Phalaris, une de ses maîtresses ; voilà ce qui est prouvé. Mais ce qui ne l'est pas, c'est qu'il ait succombé au poison violent qu'il avait préparé pour Louis XV, et que le généreux artifice d'un valet lui présenta. Lagrange a poursuivi le sycophante quasi-couronné jusqu'au-delà du tombeau ; d'accord avec les voix populaires, il a doté la mémoire du régent d'un énorme crime. Bien qu'on ne prête qu'aux riches, une pareille imputation, même in-directe, se ressent trop d'une vengeance implacable.

(2) *D'Argenson vole à son secours.*

D'Argenson était mort le 8 avril 1721 ; la duchesse de Berri en 1719 ; le sale Dubois le 10 août 1723, quatre mois, par conséquent, avant son maître. On fit sur la mort de ces personnages des milliers d'épitaphes satiriques. La plus cruelle, la plus sanglante fut celle de la mère du régent, qui contenait ce peu de mots :

Ci-gît l'Oisiveté.

D'après la commune raison, *l'oisiveté est la mère de tous les vices.*

Cette épitaphe rappelle naturellement la réponse que Louis XIV fit un jour au duc d'Orléans, qui prétendait avoir des ennemis à Versailles. «Vos ennemis, monsieur, dit le roi avec emportement; vos ennemis, sont vos mauvaises mœurs. » Le prince n'avait alors que vingt ans !

(3) *Charles lui vient offrir l'appui.*

C'est Charles-le-Mauvais, roi de Navarre, le plus célèbre empoisonneur de son temps.

(4) *De mettre nos rois hors de page.*

Louis XI.

FIN.

9 782019 130466